Nita idzie do sz[pitala]

Nita Goes to Hospital

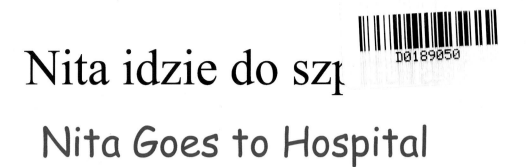

Story by Henriette Barkow

Models and Illustrations by Chris Petty

Polish translation by Sophia Bac

Nita grała w piłkę z Rokim. „Łap!" - krzyknęła.
Roki podskoczył, nie złapał piłki i wybiegł za nią
z parku na drogę.
„STOP! ROKI! STOP!" - Nita krzyknęła.
Była tak zaabsorbowana złapaniem Roka, że nie zobaczyła...

Nita was playing ball with Rocky. "Catch!" she shouted. Rocky jumped,
missed and ran after the ball, out of the park and into the road.
"STOP! ROCKY! STOP!" Nita shouted. She was so busy trying to catch
Rocky that she didn't see...

SAMOCHODU.

the CAR.

Kierowca nacisnął na hamulce. PISK! Ale za późno!
BUCH! Samochód uderzył Nitę tak, że upadła na ziemię
ze strasznym hukiem.

The driver slammed on the brakes. SCREECH! But it was too
late! THUD! The car hit Nita and she fell to the ground with
a sickening CRUNCH.

„NITA!" - krzyknęła mama. „Niech ktoś zadzwoni po karetkę" -
zawołała, głaszcząc Nitę po włosach i tuląc ją mocno do siebie.
Kierowca zadzwonił po pogotowie.
„Mamo, noga mnie boli" - płakała Nita i wielkie łzy spływały jej
po policzkach.
„Wiem, że boli, ale spróbuj się nie ruszać" - powiedziała mama.
„Pomoc zaraz nadejdzie".

"NITA!" Ma screamed. "Someone call an ambulance!" she shouted, stroking
Nita's hair and holding her.
The driver dialled for an ambulance.
"Ma, my leg hurts," cried Nita, big tears rolling down her face.
"I know it hurts, but try not to move," said Ma. "Help will be here soon."

Przyjechała karetka i dwóch pracowników paramedycznych przyniosło nosze.

„Cześć, nazywam się Janek. Twoja noga jest bardzo spuchnięta. Może być złamana" - powiedział.

„Założę te szyny na nogę, aby ją unieruchomić" - powiedział. Nita przygryzła wargi. Noga ją bardzo bolała.

„Jesteś odważną dziewczynką" - powiedział, niosąc ją ostrożnie na noszach do karetki. Mama też pojechała.

The ambulance arrived and two paramedics came with a stretcher.
"Hello, I'm John. Your leg's very swollen. It might be broken," he said. "I'm just going to put these splints on to stop it from moving."
Nita bit her lip. The leg was really hurting.
"You're a brave girl," he said, carrying her gently on the stretcher to the ambulance. Ma climbed in too.

Nita leżała na noszach, trzymając się mocno mamy,
podczas gdy karetka pędziła ulicami na sygnale,
migając światłami całą drogę do szpitala.

Nita lay on the stretcher holding tight to Ma, while the ambulance
raced through the streets – siren wailing, lights flashing – all the way
to the hospital.

Przy wejściu było wiele ludzi. Nita była przerażona.

„Och kochanie, co ci się stało?" - zapytał miły pielęgniarz.

„Samochód mnie uderzył i noga mnie bardzo boli" -
powiedziała Nita, powstrzymując się od łez.

„Damy ci coś na ból, jak tylko zbada cię lekarz" - odpowiedział.

„Teraz muszę zmierzyć gorączkę i pobrać krew.
Poczujesz tylko lekkie ukłucie".

At the entrance there were people everywhere. Nita was feeling very scared.
"Oh dear, what's happened to you?" asked a friendly nurse.
"A car hit me and my leg really hurts," said Nita, blinking back the tears.
"We'll give you something for the pain, as soon as the doctor has had a look,"
he told her. "Now I've got to check your temperature and take some blood.
You'll just feel a little jab."

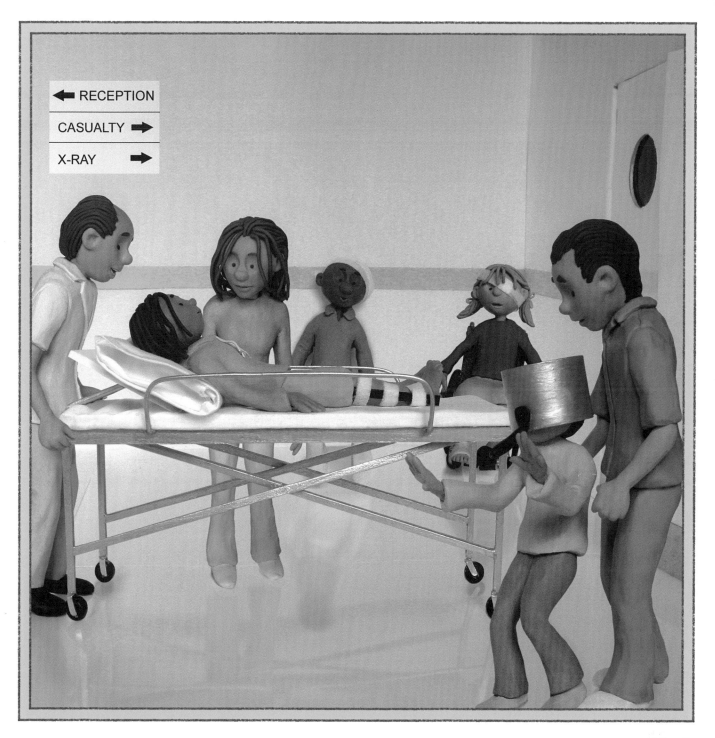

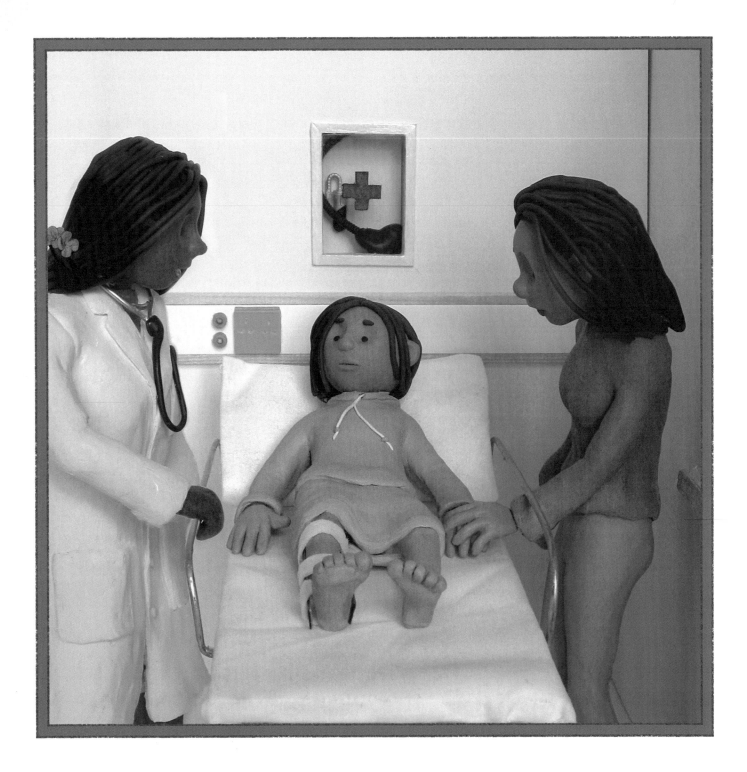

Następnie przyszła lekarka. „Cześć Nita" - powiedziała.
„Och, jak to się stało?"
„Samochód mnie uderzył i noga mnie bardzo boli" - zaszlochała Nita.
„Dam ci coś na ból. Teraz popatrzmy na twoją nogę" - powiedziała
lekarka. „Mmm, wygląda na złamaną. Trzeba będzie ją prześwietlić,
żeby lepiej się jej przyjrzeć".

Next came the doctor. "Hello Nita," she said. "Ooh, how did that happen?"
"A car hit me. My leg really hurts," sobbed Nita.
"I'll give you something to stop the pain. Now let's have a look at your leg," said
the doctor. "Hmm, it seems broken. We'll need an x-ray to take a closer look."

Miły sanitariusz zawiózł Nitę do sali rentgena, gdzie czekało wielu ludzi. Wreszcie nadeszła kolej na Nitę. „Cześć Nita" - powiedziała pani radiolog. „Tym aparatem zrobię zdjęcie środka twojej nogi" - powiedziała wskazując na rentgena. „Nie martw się to nie boli. Tylko musisz być zupełnie nieruchoma w czasie prześwietlenia".
Nita skinęła głową.

A friendly porter wheeled Nita to the x-ray department where lots of people were waiting.
At last it was Nita's turn. "Hello Nita," said the radiographer. "I'm going to take a picture of the inside of your leg with this machine," she said pointing to the x-ray machine. "Don't worry, it won't hurt. You just have to keep very still while I take the x-ray."
Nita nodded.

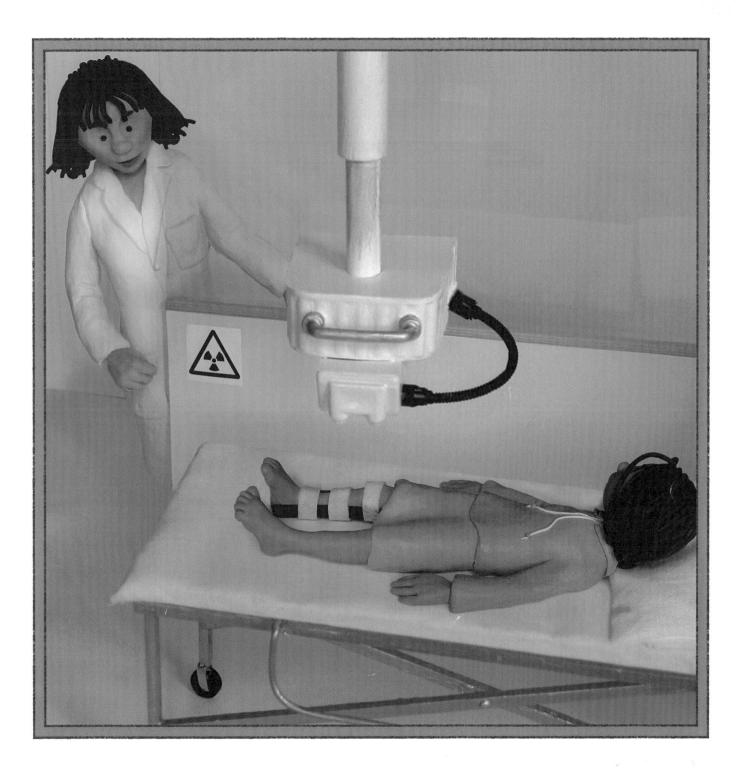

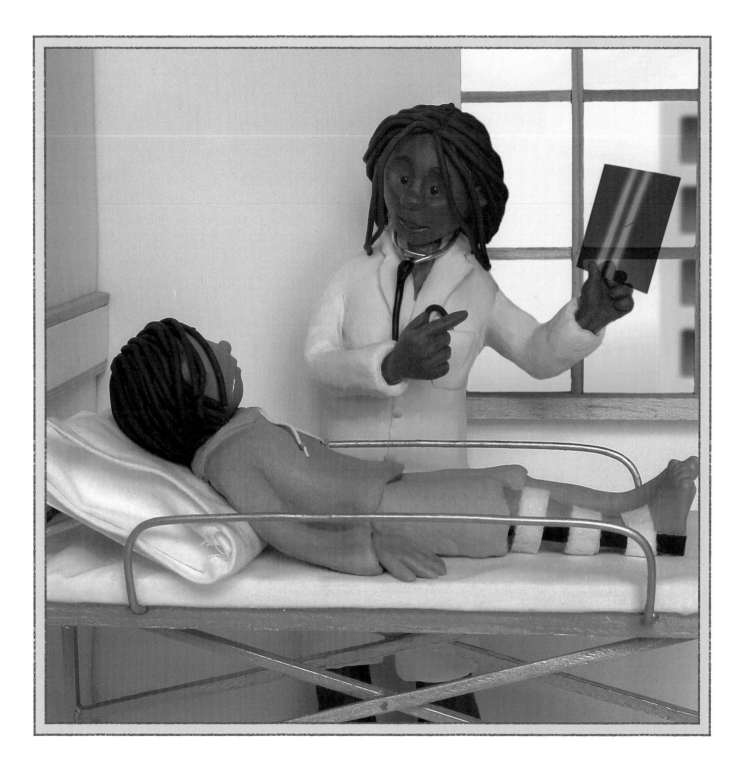

Wkrótce potem lekarka przyszła ze zdjęciem rentgenowskim. Przytrzymała zdjęcie i Nita mogła zobaczyć kość w swojej nodze! „Jest tak, jak myślałam" - powiedziała lekarka.
„Twoja noga jest złamana. Trzeba będzie ją nastawić i założyć gips. Unieruchomi to kość i pozwoli jej na gojenie się. Ale na razie twoja noga jest za bardzo spuchnięta. Musisz zostać na noc w szpitalu".

A little later the doctor came with the x-ray. She held it up and Nita could see the bone right inside her leg!
"It's as I thought," said the doctor. "Your leg is broken. We'll need to set it and then put on a cast. That'll hold it in place so that the bone can mend. But at the moment your leg is too swollen. You'll have to stay overnight."

Sanitariusz zawiózł Nitę na oddział dziecięcy. „Cześć Nita. Nazywam się Róża i jestem twoją pielęgniarką. Będę się tobą opiekować. Przyszłaś w dobrym momencie" - powiedziała uśmiechając się.

„Dlaczego?" - zapytała Nita.

„Ponieważ czas na kolację. Położymy cię do łóżka, a potem możesz coś zjeść".

Pielęgniarka Róża obłożyła lodem nogę Nity i dała jej dodatkową poduszkę, nie pod głowę... ale pod nogę.

The porter wheeled Nita to the children's ward. "Hello Nita. My name's Rose and I'm your special nurse. I'll be looking after you. You've come just at the right time," she smiled.

"Why?" asked Nita.

"Because it's dinner time. We'll pop you into bed and then you can have some food."

Nurse Rose put some ice around Nita's leg and gave her an extra pillow, not for her head... but for her leg.

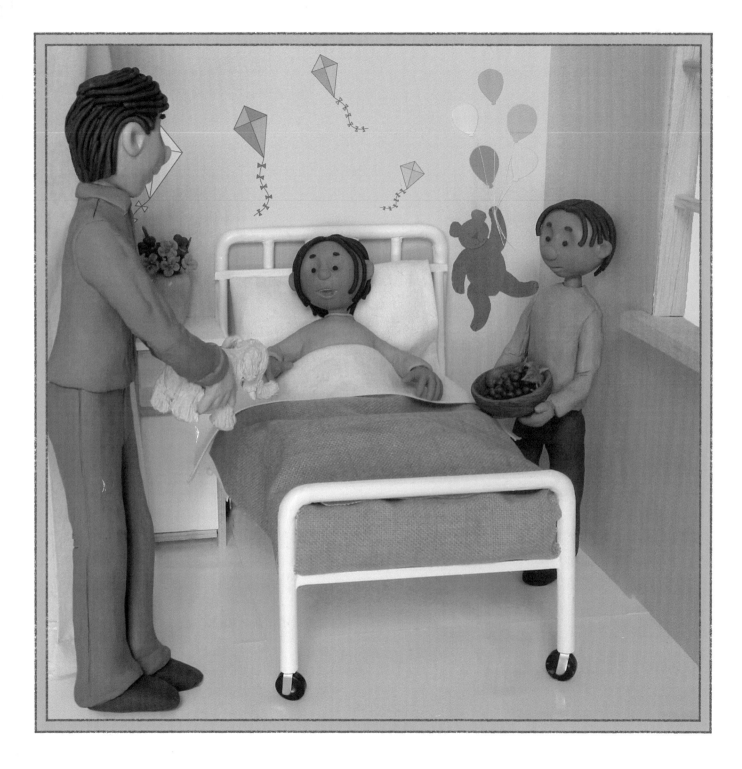

Po kolacji przyszli tata i Jay. Tata mocno ją przytulił
i przyniósł jej ulubioną zabawkę.
„Możesz pokazać nogę?" - zapytał Jay. „Eh! Okropne. Boli?"
„I to jak" - odpowiedziała Nita - „ale dali mi tabletki przeciwbólowe".
Pielęgniarka Róża ponownie zmierzyła Nicie gorączkę.
„Teraz czas na spanie" - powiedziała.
„Tato i Jay muszą pójść, ale mama może zostać... całą noc".

After dinner Dad and Jay arrived. Dad gave her a big hug and her favourite toy.
"Let's see your leg?" asked Jay. "Ugh! It's horrible. Does it hurt?"
"Lots," said Nita, "but they gave me pain-killers."
Nurse Rose took Nita's temperature again. "Time to sleep now," she said.
"Dad and your brother will have to go but Ma can stay... all night."

Wcześnie, następnego ranka lekarka sprawdziła nogę Nity. „No, wygląda to dużo lepiej" - powiedziała. „Myślę, że jest gotowa do nastawienia".
„Co to znaczy?" - zapytała Nita.
„Damy ci środek znieczulający, po którym uśniesz. Następnie nastawimy kość we właściwe miejsce i unieruchomimy ją gipsem. Nie martw się, nic nie poczujesz" - powiedziała lekarka.

Early next morning the doctor checked Nita's leg. "Well that looks much better," she said. "I think it's ready to be set."
"What does that mean?" asked Nita.
"We're going to give you an anaesthetic to make you sleep. Then we'll push the bone back in the right position and hold it in place with a cast. Don't worry, you won't feel a thing," said the doctor.

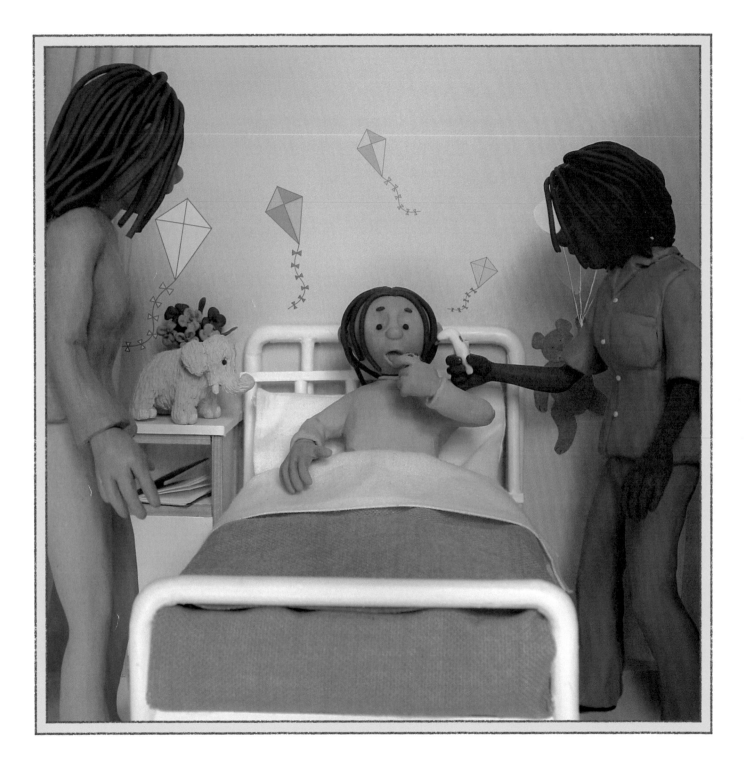

Nita miała wrażenie, że spała przez cały tydzień.

„Jak długo spałam, mamo?" - zapytała.

„Prawie godzinkę" - odpowiedziała mama z uśmiechem.

„Cześć Nita" - powiedziała pielęgniarka Róża.

„Dobrze że się obudziłaś. Jak tam noga?"

„W porządku, ale jest taka ciężka i sztywna" - powiedziała Nita.

„Czy mogę coś zjeść?"

„Tak, już niedługo pora obiadowa" - odpowiedziała Róża.

Nita felt like she'd been asleep for a whole week. "How long have I been sleeping, Ma?" she asked.

"Only about an hour," smiled Ma.

"Hello Nita," said Nurse Rose. "Good to see you've woken up. How's the leg?"

"OK, but it feels so heavy and stiff," said Nita. "Can I have something to eat?"

"Yes, it'll be lunchtime soon," said Rose.

Tuż przed obiadem Nita poczuła się dużo lepiej. Pielęgniarka Róża posadziła ją w wózku, aby mogła dołączyć do innych dzieci.
„Co ci się stało?" - zapytał chłopiec.
„Złamałam nogę" - odpowiedziała Nita. „A tobie?"
„Ja miałem operację na uszy" - odpowiedział chłopiec.

By lunchtime Nita was feeling much better. Nurse Rose put her in a wheelchair so that she could join the other children.
"What happened to you?" asked a boy.
"Broke my leg," said Nita. "And you?"
"I had an operation on my ears," said the boy.

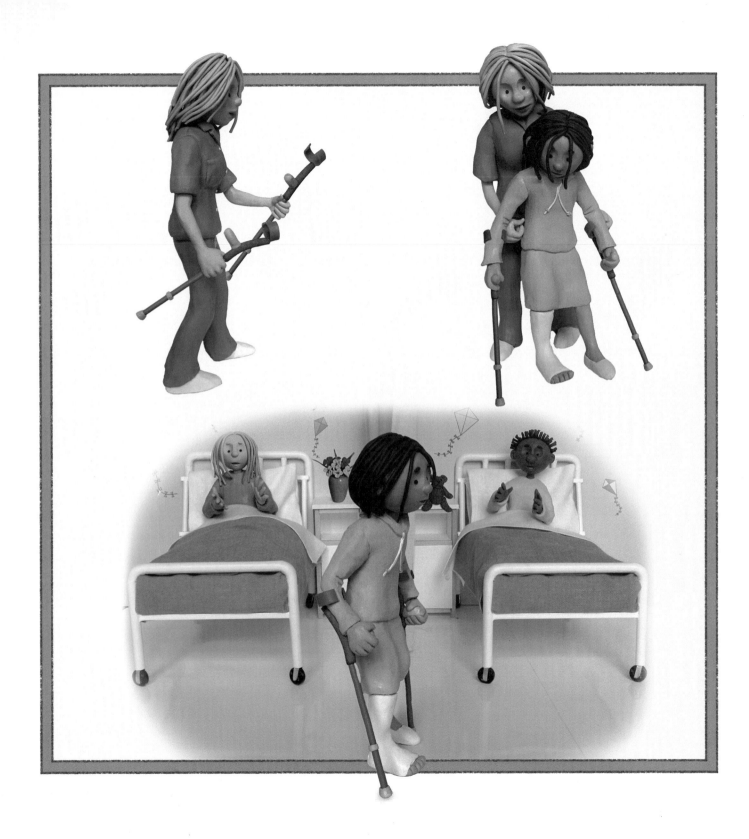

Po południu fizjoterapeutka przyszła z kulami. „No, to dla ciebie, Nita. Pomogą ci w chodzeniu" - powiedziała.
Kuśtykając i chwiejąc się, popychając i podtrzymując się Nita wkrótce poruszała się po całym oddziale.
„Wspaniale" - powiedziała fizjoterapeutka. „Uważam, że możesz iść do domu. Zawołam jeszcze lekarkę, aby cię zbadała".

In the afternoon the physiotherapist came with some crutches. "Here you are Nita. These will help you to get around," she said.
Hobbling and wobbling, pushing and holding, Nita was soon walking around the ward.
"Well done," said the physiotherapist. "I think you're ready to go home. I'll get the doctor to see you."

Wieczorem mama, tata, Jay i Roki przyszli odebrać Nitę.
„Fajne" - powiedział Jay widząc gips Nity. „Czy mogę
coś narysować?"
„Nie teraz! Jak będziemy w domu" - powiedziała Nita.
Może noszenie gipsu nie będzie takie złe.

That evening Ma, Dad, Jay and Rocky came to collect Nita.
"Cool," said Jay seeing Nita's cast. "Can I draw on it?"
"Not now! When we get home," said Nita. Maybe having a
cast wasn't going to be so bad.